Nel

Heiko Sakurai

Berndt A. Skott

Bas van der Schot

Thomas Hax-Schoppenhorst

WELTFINSTERNIS

Erhellende Karikaturen
zur Lage der Welt

Impressum

Lektorat: Ingrid Davis, Sandra Radermacher
Grafische Gestaltung: Zitzen MedienService

ISBN: 3-88916-244-4

MVG Best.-Nr. 5 485 04

UND ALLEM WEH ZUM TROTZE!

Die militärische Intervention in Afghanistan im Oktober 2001 nach den verheerenden Terroranschlägen vom 11. September versetzte mich in Angst und Schrecken, zudem war ich nicht bereit, mich kommentarlos der Logik zu beugen, dass ein Krieg die einzig mögliche bzw. wirksame Antwort auf das Geschehene sei. Schnell wurde ich der endlosen Debatten in den Medien überdrüssig. Trotz kritischer Stimmen in Zeitung, Rundfunk und Fernsehen schien mir vieles eher unklarer, fragwürdiger statt deutlicher zu werden. Halt, Orientierung und Bestätigung meiner kritischen Position fand ich letztlich vermehrt bei den nationalen und internationalen Karikaturisten, die in der großen Mehrheit bissig, pointiert und kompromisslos vor dem drohenden Unheil warnten.

Die international laut werdenden Zweifel an einer Rechtfertigung für einen Präventivschlag gegen den Irak im Frühjahr 2003 ließ Hoffnungen in mir aufkommen – um so verzweifelter und wütender war ich, als Bagdad dennoch bombardiert wurde. Für kurze Zeit entschied ich mich für einen kompletten Medienboykott; ich konnte und wollte nichts mehr hören, sehen oder lesen. Doch sehr schnell vermisste ich den täglichen Blick auf die Karikaturen und kehrte reumütig zur Normalität zurück.

„Karikaturen leben von der Provokation, aber auch von der Wahrheit, die in jedem Strich steckt. Sie adeln und tadeln. Sie stellen fest oder bloß. Sie verkleiden und entkleiden. Sie bieten Attacken, Denkzettel und Röntgenbilder. Karikaturisten verteilen keine Komplimente. Sie dokumentieren und reflektieren die Gezeiten unseres Lebens mit ihrem bitter-salzigen, aber immer aufregenden Geschmack." Prof. Walther Keim, der an der Westfälischen Wilhelms-Universität in Münster Politikwissenschaft lehrt, hat es auf den Punkt gebracht. Karikaturisten müssen über Humor und satirische Begabung verfügen, sonst könnten sie dem Alltag nicht andauernd standhalten. Den menschlichen Schwächen und den Widerwärtigkeiten des Lebens bringt der Humor ein wohlwollend-verständnisvolles Lächeln entgegen. Die Satire wurzelt in einer kritisch-aggressiven Bewusstseinslage, in einem Zustand der Entrüstung über die Auswüchse menschlicher Unzulänglichkeit und Boshaftigkeit.

Entrüstung ist bei der momentanen globalen Lage nun in der Tat angebracht, denn noch immer ist die Menschheit trotz Hochtechnologie und wissenschaftlichem Fortschritt weit entfernt von einer friedlichen Weltgemeinschaft, von sozialer Gerechtigkeit und einer erkennbaren Wahrung unserer Schöpfung. Die Aussichten sind finster! Dieser Umstand ließ schließlich auch die Verantwortlichen den provozierenden Titel „Weltfinsternis" wählen – nicht jedoch, um zu kollektiver Verzweiflung aufzurufen, sondern um vielmehr wachzurütteln!

Karikaturen sind schonungslos, sie ergreifen Partei, sie sorgen durch gekonnte Übertreibung für die nötigen Aha-Effekte, sind somit erhellend. Mit dem durch sie ausgelösten befreienden Lachen oder Schmunzeln schaffen sie Raum für die Annahme des Lebens – so ungerecht, so absurd, so aussichtslos es unter Umständen auch erscheinen mag. Zugleich setzen sie Kräfte frei, sich den Herausforderungen mit neuer Energie zu stellen, das Notwendige zu tun. Gäbe es diese Bereitschaft nicht, würden wir Hunger, Krieg, Folter und Umweltzerstörung kommentarlos hinnehmen. Das aber wäre zutiefst unmenschlich!

Der hier vorliegende Band möge daher Mut machen, sich der ernüchternden Bilanz der vier beteiligten Karikaturisten zunächst zu stellen, um dann dadurch aufkommende Empörung in eine Kreativität umzumünzen, die der Verachtung des Lebens auf diesem Globus engagiert die Stirn bietet.

Betrachterinnen und Betrachtern wünsche ich ähnliche Erfahrungen, wie ich sie seit nunmehr 32 Jahren fast täglich mache: Die Karikatur wurde mir liebgewordenes Fenster zur Welt, eine Art Eintrittskarte in den nicht selten kalten Alltag. Sie ist das beste und zuverlässigste Antidepressivum – rezeptfrei und ohne Nebenwirkungen!

Micha Hilgers sei für den interessanten Beitrag gedankt. Heiko Sakurai, dem ich mich seit 13 Jahren freundschaftlich, dankbar verbunden fühle, Bas van der Schott, Berndt A. Skott und Nel sei an dieser Stelle herzlich für die gute Zusammenarbeit und dafür gedankt, dass ich u. a. durch ihr Wirken bis zum heutigen Tage beherzt lachen und mich bei gegebenem Anlass in befreiender Weise empören kann. Ihnen zolle ich Bewunderung und Respekt. Unsicher bin ich mir, ob ich sie beneiden soll, denn ihrer nur scheinbar täglich leicht'füßig' gezeichneten, bittergalligen Kommentierung des Weltgeschehens geht so manch leidvolle Einsicht voraus. Umso anerkennenswerter ist es, dass sie sich einer Erkenntnis verpflichtet fühlen, die Hermann Hesse anrührend formulierte: „Und allem Weh zum Trotze bleib ich verliebt in diese verrückte Welt."

Ohne die Karikatur wäre die Welt beträchtlich ärmer!

Düren, 18. Mai 2004

Thomas Hax-Schoppenhorst

NACHT AM HELLLICHTEN TAG

IX·01·SKOTT

SCHOT

www.
verschwörungstheoretiker.
com
Ganz klar: der CIA!
Der MOSSAD!
Außer-irdische!
Keine Ahnung. Aber Elvis lebt!
ROSWELL

DER KAMPF GEGEN DEN TERRORISMUS

— „BIN LADEN VERSENKEN!" —

KRIEG GEGEN DEN TERRORISMUS

VERGELTUNG
BIN LADEN

PAX AMERICANA

FRIEDEN
ABRÜSTUNG
KONTROLLE
EMBARGO
KRIEG

US
IRAK-KRIEG

DÉJÀ VU

EINE SHOCK & AWE-PRODUKTION

EINGEBETTETER JOURNALISMUS

EINGEBETTETER JOURNALISMUS

X·3·5 SKOTT
IRAK

"VERSTECKEN SIE NUR, ODER SUCHEN SIE AUCH?"

IMPORT
DEMOKRATIE
IRAK
EXPORT
SCHOT

DSCHiHAD
DIE ZEITUNG FÜR DEN TERRORISTEN
DARUM HASSEN WIR DIE USA:
Vor einem Jahr
Teufel Bush: "Mission erledigt!"
ANZEIGE
www.
el-kaida.
com

"IRGENDWO MÜSSTEN WIR NOCH DIE UNO-NOTRUFNUMMER HABEN..."

Der Schaden ist angerichtet.
UNO

III·03·SKOTT
U.S
DU WEISST....
WIE IMMER !
U.N.

DOMINO TOR !

BAGDAD
BERLIN
KOMPLIKATIONEN IN EUROPA, MR. PRESIDENT. WIR BRAUCHEN JETZT AUCH IN DEUTSCHLAND EINEN REGIME-WECHSEL.
WIEDERWAHL SCHRÖDERS
SCHOT

USA
NEO
CON

INTERNATIONALE DIPLOMATIE

DIE SCHÖNE NEUE WELT

SCHECKBUCHDIPLOMATIE

EIN DICHTES NETZ DER TERRORBEKÄMPFUNG.

DIE WELT ALS SCHEIBE

DER MARS VOR DEM REGIME-WECHSEL

ARMUTSGIPFEL

MIT DEM KÖNNEN SIE NICHT HANDELN ... DER IST DOCH NUR MIT SICH BESCHÄFTIGT .....

WELTPOLITIK

BEGEGNUNG BEIM WELTERNÄHRUNGSGIPFEL

" WELTHUNGERHILFE ! "

VERGANGENHEITSBEWÄLTIGUNG IN SÜDAMERIKA

LIBERIA
HELP!
W.

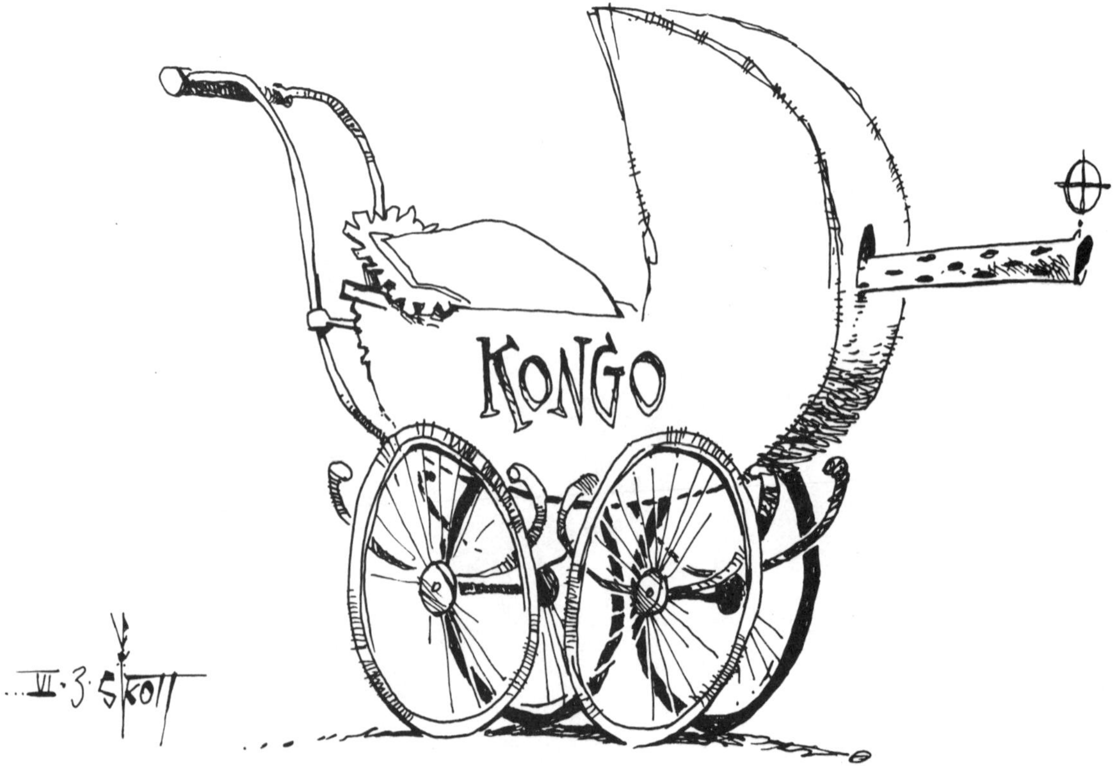
KONGO
VI·3·SKOTT

UNO
AFRIKA
Schot

KORRUP-
TION
KRIEG
AFRIKA
HUNGER

INDIEN-PAKISTAN

"DAS WÄREN DIE INTERESSENTEN FÜR INVESTITIONEN IN AFGHANISTAN..."

NACH LAGE DER DINGE, SIND WIR HIER WOHL AM SICHERSTEN
HINDU KUSCH

13. 3. 2004

WOFÜR DIE BUNDESWEHR NICHT ZUSTÄNDIG IST

Schat
ROAD MAP

ROAD MAP TO PEACE
SIE SIND HIER.
SCHOT

TEAMWORK

AUSGANG NUR IN BEGLEITUNG DES ÄLTEREN BRUDERS

SAUDI
ARABIEN
DSCHIHAD
DSCHIHAD
DSCHIHAD

"SIE VERANSTALTEN EINEN UMWELTGIPFEL!"

" ZUGVÖGEL ! "

HOMO INDUSTRIALIENSIS ZIEHT KONSEQUENZEN

REPARATUR WERKSTATT
AKTION
Mehr Gerechtigkeit – mehr Sicherheit

ANGST VOR DEM TERROR

MISS
TRAUEN
USA
FANA
GEWALT
TISMUS
HASS
TERROR
RACHE
IV·02·SKOTT

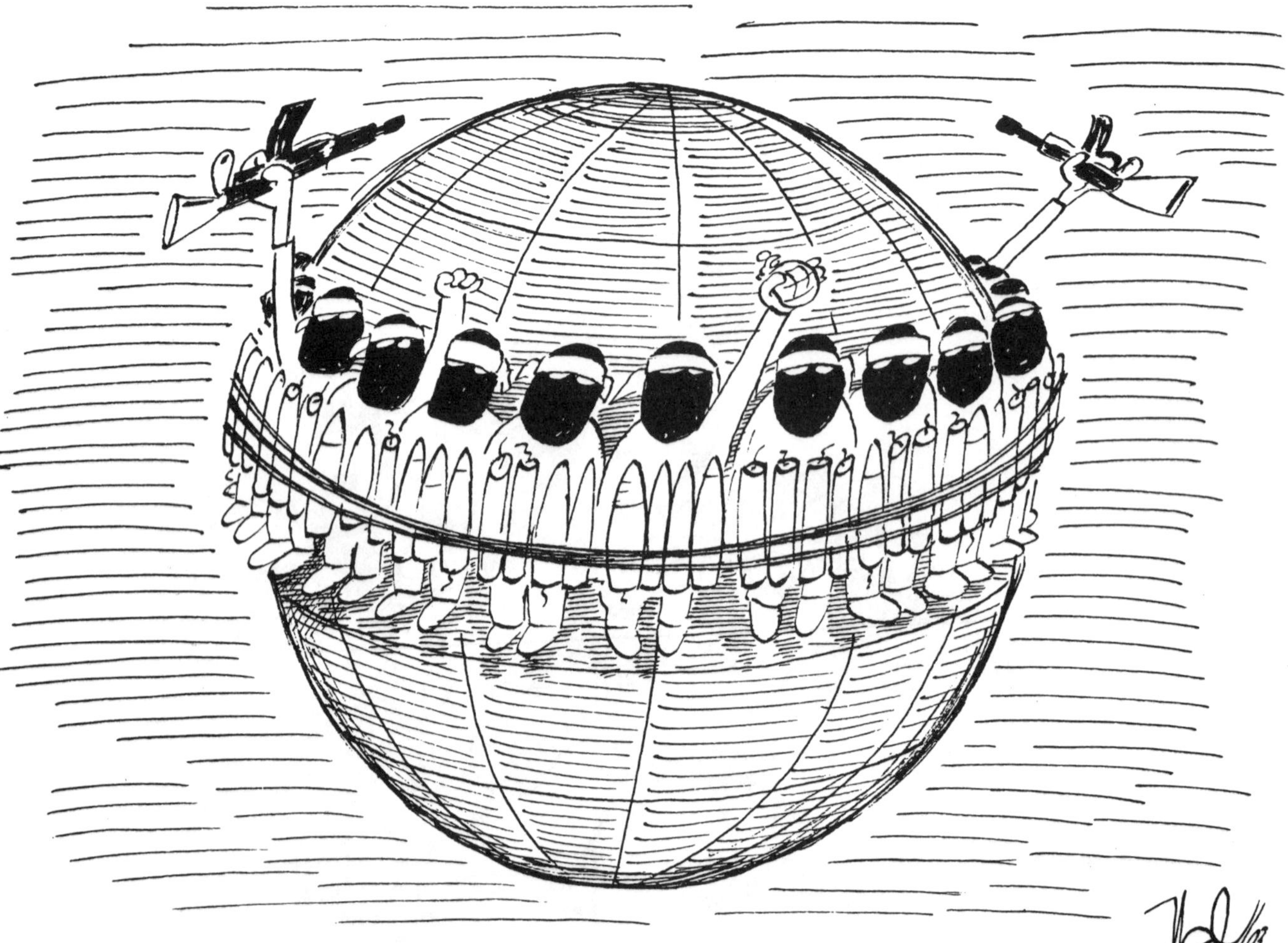

TERRA TERROR

DER TERROR UND WIR

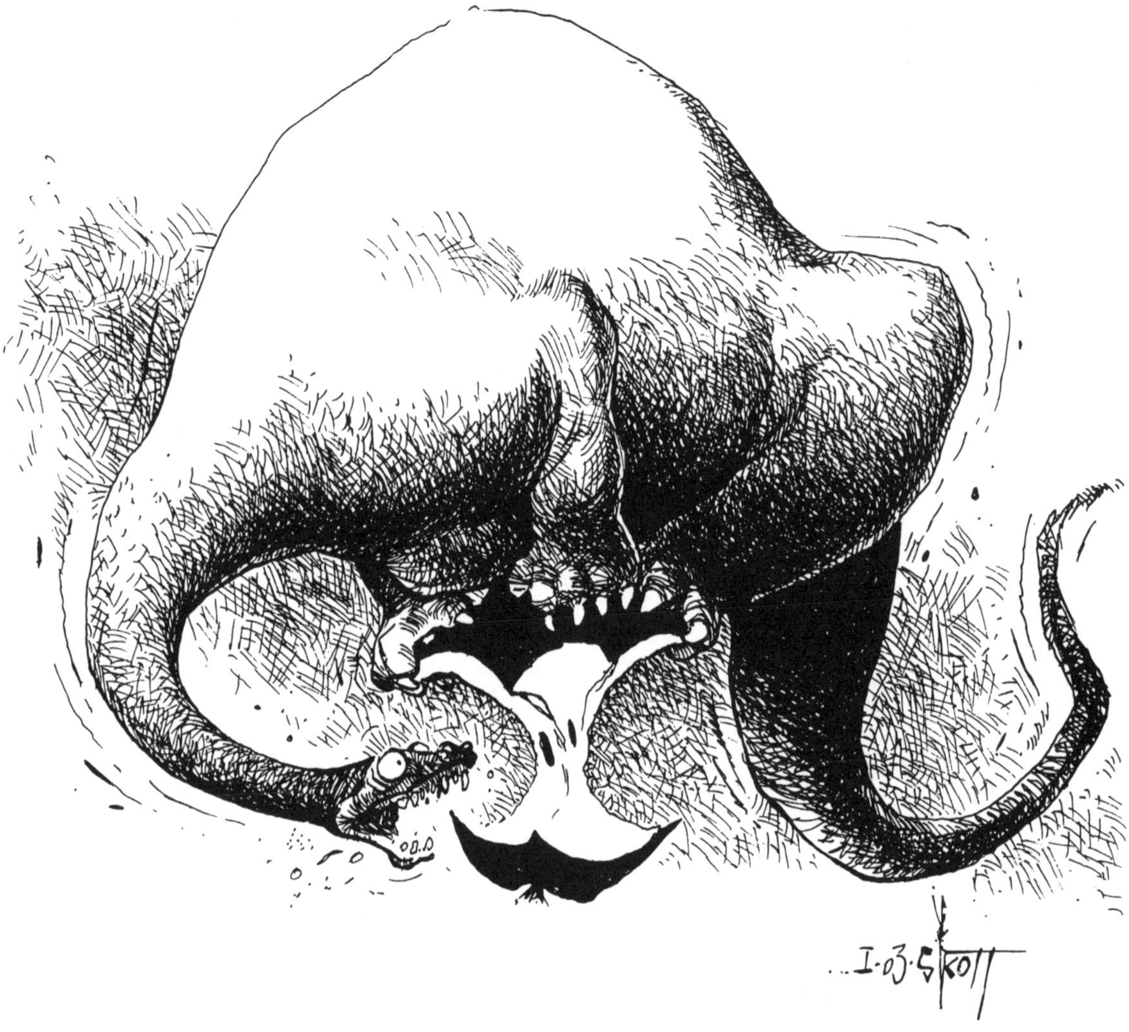
I·03·SKOTT

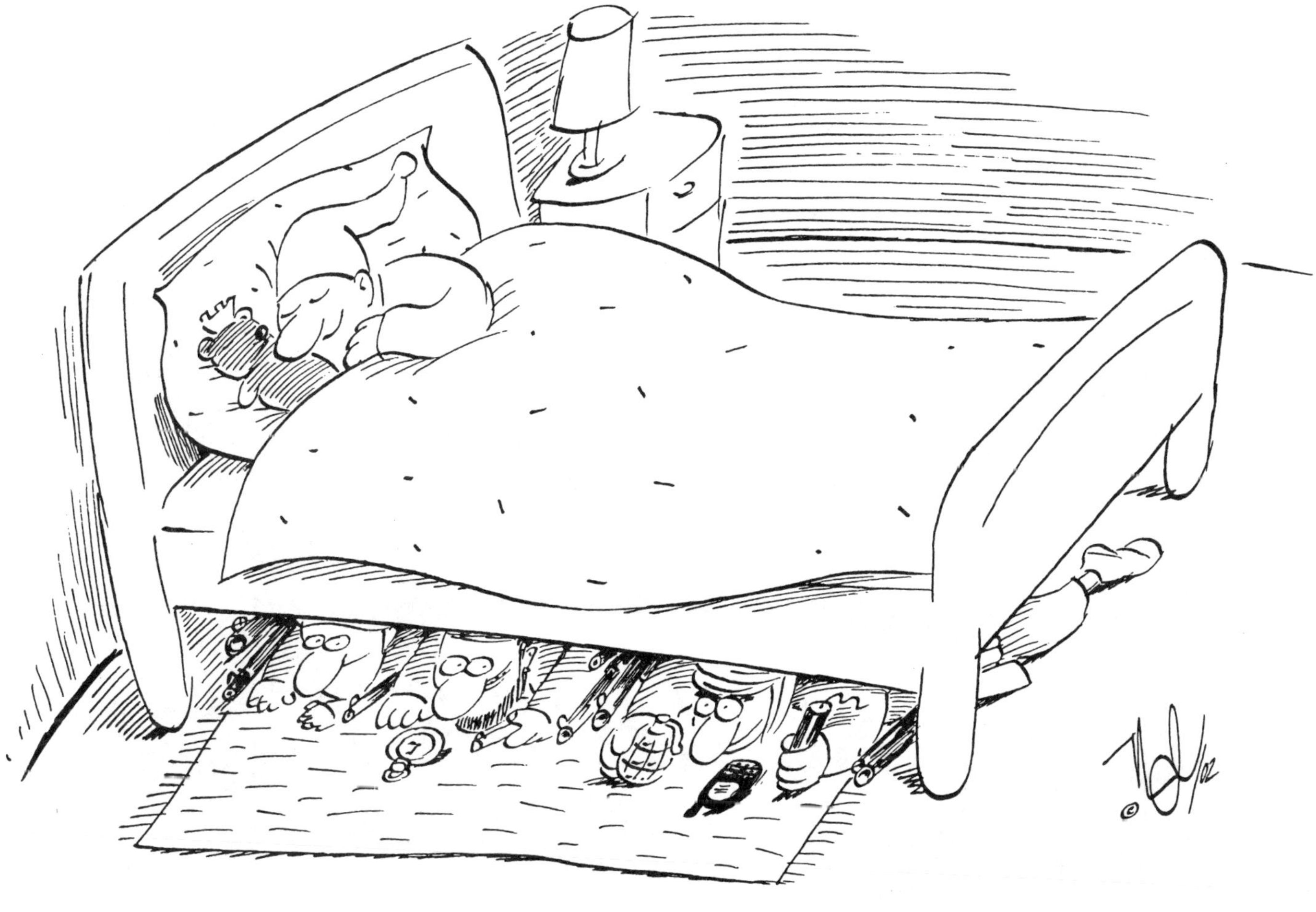

„SCHLÄFER UNTER SICH"

DEMNÄCHST AUCH IN IHRER NÄHE

EUROPA IM UMBRUCH

"WEN DARF ICH BITTE ME–"

III·4·5 SKOTT
SPANIEN

TRITTBRETTFAHRER

EU
INTERNATIONALER TERRORISMUS
©04

FESTUNG EUROPA

KNABENCHOR IM STIMMBRUCH

" NEUE MÄRKTE ! "

ARMES DEUTSCHLAND

DEMOGRAFISCHE ENTWICKLUNG.

EINE GESELLSCHAFT. ZWEI WELTEN

ICH BIN FÜR KÜNDIGUNGS SCHUTZ
WEN WUNDERTS ?
II·03·SKOTT

"... ZUR FORTPFLANZUNG SIND SIE LEIDER VIEL ZU DEPRIMIERT!"

INTEGRIERE DICH!
SCHOT

SCHWELLENLAND BUNDESREPUBLIK

Sicherheitskonferenz
Freiheitsrechte abtreten

HINTERGRUND – ZAHLEN, DATEN, FAKTEN UND TRENDS

Im Folgenden werden themenbezogen Informationen geboten, die ergänzende Details zu politischen, ökonomischen, sozialen und ökologischen Fragestellungen des in den Karikaturen Dargestellten liefern. Durch die regelmäßige Einbeziehung von Zitaten (Kastentexte) wird auf Erfordernisse in der politischen Bildung und im Unterricht Rücksicht genommen, denn diese lassen sich als Kommentare bzw. als zusätzliche Impulse verwenden. Dr. Thomas Fues vom Institut für Entwicklung und Frieden (INEF) an der Gerhard-Mercator-Universität in Duisburg sei für die freundliche Unterstützung herzlich gedankt!

NACHT AM HELLLICHTEN TAG

Nicht zur Tagesordnung übergehen

Wir können nicht einfach zur Tagesordnung übergehen – und ich würde das auch nicht wollen – ohne uns über den gestrigen Jahrestag und über die Herausforderung Gedanken zu machen, mit der die Weltordnung am 11. September 2001 in so brutaler Weise konfrontiert wurde. Die Terroranschläge des 11. September sind nicht als isoliertes Ereignis zu sehen. Sie sind vielmehr ein extremes Beispiel für ein globales Problem, das eine breite und nachhaltige Antwort erfordert.
Breit, weil der Terrorismus nur besiegt werden kann, wenn alle Nationen sich gegen ihn verbünden. Nachhaltig, weil der Kampf gegen den Terrorismus nicht leicht oder über Nacht gewonnen wird. Es bedarf Geduld und Ausdauer. Und global, weil der Terrorismus ein umfassendes und komplexes Phänomen ist, mit vielen Wurzeln und erschwerenden Faktoren.
(UN-Generalsekretär Kofi Annan in einer Rede vom 12. September 2002)

Wiederholte Male wurde behauptet, der Terroranschlag vom 11. September 2001 habe das Gesicht der Welt verändert. Diese These unterstellt, ein derartiges Ausmaß an Gewalt und Zerstörung habe es bislang noch nicht gegeben. Eine solche Behauptung wäre in der Tat falsch, denn auch nach den beiden großen Weltkriegen gibt es auch heute noch weltweit Krieg, Hunger, Verfolgung, Vertreibung und Folter. Vor allem in der westlichen Welt wurden die Anschläge dennoch als grundlegende Veränderung und Bedrohung erlebt, denn die Gefahr war plötzlich unmittelbar!

Die Furcht, an morgen zu denken

Wir leben in der Jetzt-Generation (Now-Generation), die sich davor fürchtet, an morgen zu denken. Es gibt nur wenig gemeinsamen Sinn für eine Menschheit, die auf dem Weg ist zu einem gemeinsamen Geschick, zu einem Triumph über Armut und Ungerechtigkeit. Wir haben einige Siege errungen (...). Doch es gibt wenige Orte, die Anzeichen dafür liefern, dass Träume immer noch wahr werden können. (...)
Das World Wide Web verbindet eine große Zahl an Menschen auf dem Planeten. Es ist ein Netzwerk, in dem Informationen, Neuigkeiten, Kultur und vor allem Geld zirkuliert. Es ist eine wundervolle neue Welt. Doch es gibt ein größeres Netzwerk, dem keiner entfliehen kann und das weitgehend unsichtbar ist, und das ist das weltweite Netzwerk der Gewalt. Das kriminelle Netzwerk ist weitaus größer als das des legalen Handels, und es wächst. Die drei größten Industrien unserer Tage sind der Export von Drogen, Waffen und Prostituierten. Sie werden genährt von der immensen Armut und Ungleichheit in der Welt, die überall auf der Welt Kleinbauern dazu zwingt, Kokain und Heroin anzubauen, und Millionen von Frauen und Kindern dazu, ihre Körper zu verkaufen. (...) Das ist die Kreuzigung der Armen. Den meisten Menschen im Westen bleibt diese Gewalt weitgehend verborgen. Am 11. September 2001 explodierte sie vor unseren Augen. An diesem Tag kehrte die Gewalt nach Hause zurück. Alles das, was wir versucht hatten, zu sehen zu vermeiden, wurde schroff sichtbar. (...)

Der 11. September war mehr als der furchtbare Verlust von Menschenleben und materieller Schaden. Es war das symbolische Ereignis, bei dem die Symbole des modernen Reisens die Symbole des westlichen Handels und militärischer Macht trafen. Diese Terroristen verstehen die Macht symbolischer Gesten. (...) Das Leiden dieser neuen Welt ist global, und es verlangt eine globale Antwort. Wir sind jetzt alle Nachbarn von nebenan. Wir müssen befreit werden von unseren kleinen Identitäten: ethnischen wie nationalen.
(P. Timothy Radcliffe, O. P. in einem Vortrag im Juni 2003 vor dem Generalkapitel der Franziskaner)

Erstmals seit 20 Jahren musste nach dem 11. September 2001 der Welthandel als „gebremst" bezeichnet werden. Wuchs noch im Jahr 2000 die Güterausfuhr um 13 %, so wies dieser Wert im darauf folgenden Jahr ein Minus von 4,5 % auf. Die einzelnen Regionen der Welt wurden in unterschiedlicher Weise von dem Rückgang betroffen. Insbesondere die asiatischen Volkswirtschaften mussten erhebliche Einbußen hinnehmen. Das Ausfuhrvolumen Japans ging um 16 %, das der bedeutenden Technologieexporteure Singapur, Taiwan, Malaysia, Südkorea, Philippinen und Thailand um insgesamt 12 % zurück. Nur China konnte die Güterausfuhr um 7 % steigern. Das Exportvolumen im Nahen und Mittleren Osten reduzierte sich um 9 %. Der Wachstumsmotor USA verzeichnete für das Jahr 2001 bei den Güterausfuhren ein Minus von 6 %.

Zwar ging der Anteil der 16 größten Exportnationen am gesamten Warenhandel auf 70,3 % zurück, aber er ist immer noch erheblich. Die Preisentwicklungen an den Rohstoffmärkten sind für die Weltwirtschaft von erheblicher Bedeutung. Importländer sind auf die sichere Versorgung mit Rohstoffen angewiesen. Hohe Kosten für die Produktion wirken sich insbesondere für die rohstoffarmen Länder nachteilig auf ihre Wettbewerbsfähigkeit aus. Sieht man einmal vom Erdöl ab, so ist die Preisentwicklung bei Industrierohstoffen und agrarischen Erzeugnissen überwiegend rückläufig. Ein Umstand, der sich gerade auf die wirtschaftliche und soziale Lage in den Entwicklungsländern tragisch auswirkt.

Rückkehr des Krieges

Das angesehene US-amerikanische *Worldwatch-Institute* spricht in seinem neuen Jahresbericht davon, dass sich die Menschheit innerhalb einer Generation praktisch neu erfinden müsse, um die menschliche Zivilisation zu sichern. In den nächsten 20 bis 25 Jahren müssen danach Antworten auf den drohenden Klimakollaps gefunden werden, auf Hunger und Krankheiten im Süden – um nur einige der brisanten Weltprobleme herauszugreifen. Doch statt im Eiltempo den globalen Strukturwandel einzuleiten, beispielsweise im Rahmen einer Energiewende, wird die globale kooperative Politikgestaltung durch die Rückkehr des Krieges als selbstverständliches Mittel zur Durchsetzung von Nationalinteressen paralysiert. Die hegemonialen Absichten der US-Regierung kollidieren mit dem Ausbau und der Durchsetzung von globaler Rechtsstaatlichkeit und Nachhaltigkeit.
(Thomas Fues/Jochen Hippler in: Globale Politik, Bonn 2003, S. 18)

Mit der Gründung der Vereinten Nationen, die von den USA mit vorangetrieben wurde, sollte die „Geißel des Krieges" aus einer unfriedlichen Welt verbannt werden. Führende Völkerrechtler vertraten vor Beginn des Irak-Krieges die These, dass nach Vorliegen wissenschaftlicher Analysen des Bedrohungspotenzials durch das Regime Saddam Husseins keine Rechtfertigung für einen Präventivkrieg gegeben sei. Sie sahen einschneidende Auswirkungen für die unmittelbar betroffene Region des Nahen Ostens, für die Strukturen der Weltpolitik, die internationalen Bemühungen um Friedenswahrung und den zukünftigen Einsatz militärischer Macht.

Leugnung des Lebens

An diesem Tag deines Triumphes über den Tod finde die Menschheit in dir, o Herr, den Mut, sich solidarisch den vielen Übeln, die sie plagen, zu widersetzen. Insbesondere finde sie die Kraft, dem unmenschlichen und leider um sich greifenden Phänomen des Terrorismus entgegenzutreten, der das Leben leugnet und den Alltag vieler fleißiger und friedlicher Menschen beeinträchtigt und unsicher macht. Deine Weisheit erleuchte die Menschen guten Willens im gebotenen Einsatz gegen die Geißel. (...)
Merkt auf, ihr alle, die euch die Zukunft des Menschen am Herzen liegt! Hört her, Männer und Frauen guten Willens! Die Versuchung der Rache lasse dem Mut zur Vergebung den Vortritt; die Kultur des Lebens und der Liebe vereitle die Logik des Todes; das Vertrauen gebe dem Leben der Völker wieder Raum. Wenn unsere Zukunft eine einzige ist, ist es Aufgabe und Pflicht aller, sie mit geduldiger und gewissenhafter Weitsicht zu gestalten.
(Papst Johannes Paul II. in seiner Osterbotschaft 2004)

Der Krieg nimmt selbst terroristische Züge an

Terroristen sind Verbrecher, gefährliche Kriminelle, nicht weniger, aber auch nicht mehr. Ihnen den Krieg zu erklären bedeutet, ihnen auf den Leim zu gehen. Der demokratische Rechtsstaat führt gegen Terroristen und Terrorismus ebenso wenig Krieg wie gegen Drogenhändler, Waffenschieber oder Wirtschaftskriminelle. Werden die Übeltäter gefasst, sind sie nicht als Kriegsgefangene zu behandeln, aber auch als Verbrecher keineswegs vogelfrei. Nicht einmal der Krieg schafft einen rechtsfreien Raum, in dem der Zweck die Mittel heiligt. Wo der Krieg gegen den Terrorismus dazu führt, gegen das Recht zu verstoßen oder es zu missachten, nimmt er selbst terroristische Züge an. (...) Aus dem kriminellen Charakter des Terrorismus ergibt sich die Notwendigkeit, unbeirrbar an der Vorrangigkeit nichtmilitärischer Mittel festzuhalten.
(Bischof Franz Kamphaus aus Limburg am 19. April 2004)

Nach dem Sturz Saddam Husseins wurde im Laufe der Monate deutlich, dass es für die amerikanischen Truppen und ihre Verbündeten zunehmend schwieriger wurde, Frieden und Demokratie ins Land zu bringen. Hass und Widerstand regten sich in immer kürzeren Abständen. Empört reagierte die gesamte Weltöffentlichkeit, als Bilder von schrecklichen Misshandlungen und Folterungen an die Öffentlichkeit gerieten. Micha Hilgers merkte hierzu in der „taz" vom 13. Mai 2004 an: „Photos und Videos sind wie Sabotageakte hinter eigenen Linien. Denn die dargestellte psychische Vernichtung der Gefangenen ist zugleich ein Angriff auf das Identitätsgefühl der arabischen Welt. Und deshalb wirken die Bilder der kollektiven Demütigung der islamischen Welt wie eine gigantische PR-Aktion für alle Terrornetzwerke, wie eine Rekrutierungskampagne für Nachwuchsterroristen und Selbstmordattentäter zur Reparation der Schmach.

Das alles wissen die PR-Profis des islamistischen Terrors längst und spielen gekonnt Klaviatur der globalen Medienöffentlichkeit. Postwendend liefern sie daher die Enthauptung eines US-Amerikaners vor laufender Video-Kamera. Wer da nach den individuellen Motiven für Sadismus fragt und den Rückfall ins Mittelalter beklagt, ist antiquiert. So antiquiert wie Lynndie England, die Erinnerungsphotos machen lässt. Oder wie Donald Rumsfeld, der nicht den Anflug einer Ahnung hat, welche sozialpsychologisch desaströsen Folgen die Folterbilder auf die Dynamik von Feindbildern und Ressentiments im Nahen Osten haben."

Antiamerikanismus?

Kritik an den Politiken Washingtons und Antiamerikanismus sind zwei unterschiedliche Dinge: Ist Letzterer ein gefühlsmäßiger Abwehrimpuls, der die USA insgesamt als etwas kulturell Minderwertiges betrachtet und in den Bereich der Feindbilder, nationalen Klischees und Vorurteile gehört, so sollte Kritik an den Politiken, Ideologien und Praktiken eines mächtigen Landes eine Selbstverständlichkeit sein. (...) Fundierte Kritik als Antiamerikanismus zu verunglimpfen, ist bloße politische Demagogie.
(Friedhelm Hengsbach/Reinhard Hermle/Franz Nuscheler/
Siegfried Pater u. a. in den „Duisburger Akzenten" von 2004)

Im Schatten des Golf-Krieges fanden zur gleichen Zeit über 40 weitere gewaltsam ausgetragene Konflikte statt, die nahezu in Vergessenheit gerieten. Die Mehrzahl dieser Konflikte fand ihren Schauplatz in den Armuts- und Krisenregionen des Südens. Zwischenstaatliche Konflikte waren die Ausnahme. Zugleich ist der Begriff der innerstaatlichen Kriege irreführend, denn hier sind Nachbarstaaten und Großmächte zumindest mittelbar durch Waffenlieferungen oder finanzielle bzw. logistische Unterstützung beteiligt. Kriegerische Gewalt greift häufig über Grenzen hinaus, die oft noch aus der Kolonialzeit stammen; aus Nachbarstaaten stammende Rebellen und Milizenverbände werden somit unweigerlich involviert.

Nach vorsichtigen Schätzungen sind bei 44 kriegerischen Konflikten im Jahre 2002 mehr als sieben Millionen Menschen ums Leben gekommen; die Zahlen der Verwundeten, Vertriebenen und Flüchtlingen ist bedeutend höher. An den beiden Kriegen, die seit 1996 in der Demokratischen Republik Kongo geführt wurden und mehr als 2,5 Millionen Menschenleben gekostet haben, waren gleich mehrere Nachbarstaaten (Ruanda, Uganda, Burundi, Angola, Simbabwe) und eine große Zahl von Rebellenmilizen beteiligt. Am Horn von Afrika sind Teile der Territorien mehrerer Staaten durch die Zirkulation von Waffen, grenzüberschreitende Aktivitäten von Rebellengruppen und grenzüberschreitende Gewaltformen wie z. B. Viehdiebstahl in die komplexe regionale Konfliktsituation eingebunden.

Krieg dreht sich zunehmend häufig nicht mehr primär um die Eroberung der Staatsmacht, vielmehr gewinnen kommerzielle Zwecke zunehmend an Bedeutung. Im Zeichen des Zerfalls von Staaten finden terroristische Gruppen Zufluchts- und Aktionsräume. Warlords, Stammesmilizen, in kriminelle Geschäfte verwickelte Guerillaorganisationen und Paramilitärs halten sich über Plünderung, Raub, Geiselnahme, Schutzgelderpressung und Schmuggel am Leben. Im Zeitalter der Globalisierung sind sie über Produktion bzw. Handel mit Drogen, Diamanten, Tropenholz, Gold und Erdöl sowie über den Menschen- und Waffenschmuggel auf tragische Weise mit dem Weltmarkt verbunden.

Entwicklung spricht universellen Werten Hohn

Freiheit, Gleichheit, Solidarität, Toleranz, Achtung vor der Natur und gemeinsam getragene Verantwortung. (...) Viele Millionen Menschen auf der Welt sind heute weit davon entfernt, diese Rechte in der Praxis ausüben zu können. Dies könnte anders werden, wenn die Regierungen in den reichen wie auch in den armen Ländern ihren Verpflichtungen nachkommen würden. Jedoch konzentriert sich heute, drei Jahre nach der Milleniums-Erklärung, unsere Aufmerksamkeit auf Fragen von Krieg und Frieden, und wir laufen Gefahr zu vergessen, was wir damals feierlich versprachen, nämlich die grundlegenden Menschenrechte zu verwirklichen und die Grundbedürfnisse der Menschen zu befriedigen. Die Globalisierung hat uns einander näher gebracht in dem Sinn, dass wir alle von den Handlungen anderer betroffen sind, aber nicht in dem Sinn, dass wir alle die Vorteile wie auch die Lasten teilen. Stattdessen haben wir zugelassen, dass sie uns immer weiter auseinander treibt, indem sie das Wohlstandsgefälle und die Machtunterschiede zwischen den Gesellschaften wie auch im Inneren der Gesellschaften verstärkt. Eine solche Entwicklung spricht universellen Werten Hohn. (...) Wir haben gesehen, welch verheerende Folgen (...) partikularistische Wertsysteme haben können: ethnische Säuberungen, Völkermord, Terrorismus und die Ausbreitung von Furcht, Hass und Diskriminierung.

(UN-Generalsekretär Kofi Annan in einer Rede vom 12. Dezember 2003 zum Thema Weltethos)

In den 1990er Jahren war ein deutlicher Trend zur Abrüstung zu erkennen, der sich jedoch mit Beginn des neuen Jahrtausends umkehrte. Momentan gibt die Welt 2,2 % ihres Bruttosozialprodukts für das Militär aus. Wurden mit dem Ende des Ost-West-Konflikts große Hoffnungen in Bezug auf die Rüstungskontroll- und Abrüstungspolitik geweckt, so machen aktuell brisante Krisenherde Schlagzeilen: Israel, Indien, Pakistan und Nordkorea setzen auf die Aufrüstung mit Massenvernichtungswaffen. Die Supermacht USA verabschiedet sich von Rüstungskontrollinitiativen, andere Staaten halten sich bei der Rüstungskontrolle eher zurück.

Schlimmste Formen von Armut konnten weltweit bekämpft werden; so ist die armutsbedingte Sterblichkeit von Kindern in fast allen Länden der Erde gesunken. In den vergangenen Jahrzehnten haben sich die Lebenschancen der Menschen verbessert. Dennoch lebt jeder zweite Mensch in Armut, d. h. von weniger als zwei US-Dollar pro Tag; fast jeder vierte Mensch lebt sogar in extremer Armut. Die Schere zwischen Arm und Reich klafft immer weiter auseinander. Hierbei machen sich deutliche regionale Unterschiede bemerkbar. Konnte z. B. Ostasien (einschließlich China) in der Armutsbekämpfung Fortschritte verzeichnen, so fällt Afrika südlich der Sahara dramatisch zurück.

In Ländern wie Sierra Leone, Liberia und dem Sudan haben die zum Teil seit Jahrzehnten andauernden gewaltsam ausgetragenen Konflikte die Armut sogar noch verstärkt. In einigen Ländern Afrikas südlich der Sahara sind die staatlichen Strukturen so zerstört, dass von einem regulären Alltag kaum noch die Rede sein kann (Somalia, Kongo). Die Ausbreitung von Aids führte in vielen Regionen zu schwersten Rückschlägen in der sozialen Entwicklung. Massive Beeinträchtigungen des sozialen Fortschritts sind südlich der Sahara auch darauf zurückzuführen, dass das Bewusstsein über die Verschärfung von Armut durch die Zerstörung einer intakten Umwelt, vielerorts schwach ausgebildet ist. Das Ausmaß von sozialer, wirtschaftlicher und politischer Benachteiligung von Mädchen und Frauen ist Folge und auch eine Ursache für Armut. So steht die Kindersterblichkeitsrate im engsten Zusammenhang mit den Bildungschancen für junge Frauen.

Brennpunkt Afrika

Je enger sich die Menschheit durch Reisen oder Kommunikation zusammenschließt, desto unerträglicher wird der Gedanke daran, die jetzige Lage mit ihrer krassen Ungleichheit und sozialen Ungerechtigkeit weiter bestehen zu lassen. (...) Insgesamt gesehen ist Afrika auf wirtschaftlicher Ebene am Verhandlungstisch kaum vertreten. Wir müssen einfach alles akzeptieren, was dem Kontinent im Rahmen des wirtschaftlichen Austausches an Regeln und Bedingungen auferlegt wird. Und diese Bedingungen scheinen im Laufe der Jahre immer schlechter zu werden. So erhielt ein Kakaobauer in Afrika im Jahre 1960 fünfmal soviel für seine Ernte wie heute, und er hat auch noch keinerlei Möglichkeiten, bessere Bedingungen auszuhandeln. Dieses wirtschaftliche Ungleichgewicht hat sein Pendant in der Politik. Selbst umsichtige und aufrechte Herrscher können sich nur schwer gegen die nationalen Interessen anderer Nationen behaupten. Schlimmer noch, in den schwächeren Ländern haben die Mächtigen in der Wirtschaft oft auch die politischen Zügel in der Hand. Wenn wir dazu noch bedenken, wie korrupt und habgierig viele afrikanische Führer sind, ist es nicht verwunderlich, dass das Los der mittellosen Massen auf unserem Kontinent immer schlechter wird. (...)
Ernsthafte Sorgen bereitet die weit verbreitete Ausbeutung der Ressourcen des afrikanischen Kontinents ohne Rücksicht auf die Umwelt.

(Erzbischof John Onaiyekan in einer Rede vor der Konrad-Adenauer-Stiftung am 10. Dezember 2002)

Bevölkerungswachstum, Wirtschaftswachstum und Technologie haben als Bedrohungsfaktoren des Ökosystems an Stärke nicht verloren. Mehr Menschen bedeuten höhere Ansprüche an die natürlichen Ressourcen und mehr Belastung sensibler ökologischer Systeme (Wasser, Böden, Meere). Selbst bei einem jährlichen Wachstum der Weltwirtschaft um 2 % sind Ressourcenknappheit bzw. Umweltbelastung vorprogrammiert. Das globale Gefährdungspotenzial durch Ausweitung von Gen- und Transporttechnik steigt ebenfalls. Die Antwort kann nur in umfangreichen Entkopplungsprozessen und in einem spürbaren Verzicht vor allem der Industrienationen auf weitergehende Belastungen des Weltklimas liegen!

Die Nutzung der Atmosphäre als „Müllkippe“ für die vom Menschen verursachten Treibhausgase hat eine unumkehrbare Erwärmung der Erde bewirkt. Geht der Ausstoß klimaschädlicher Gase (hier ist vor allem die Verbrennung fossiler Energien zu nennen) nicht erheblich zurück, droht ein flächendeckender Zusammenbruch der ökologischen und gesellschaftlichen Systeme. Der Nord-Süd-Konflikt verdichtet sich dabei in der Klimakrise, ist es doch seit geraumer Zeit zu einem existenziellen Verteilungskampf über die Nutzung der globalen Umweltgüter und die durch den Klimawandel erzwungenen Anpassungskosten gekommen. Wenn auch die Schwellenländer rasch aufholen, so tragen die Industriestaaten die Hauptverantwortung für die Belastung der Erdatmosphäre. Auf lange Sicht führt kein Weg an der Gleichverteilung von Emissionsrechten für alle Länder vorbei. Es bedarf zudem einer weltweiten Energiewende, die auf erneuerbare Energieträger wie Sonne, Wind, Biomasse und Wasser setzt. Auf zahlreichen internationalen Konferenzen (Rio, Kyoto) hat die Weltgemeinschaft die Einsicht in die Notwendigkeit eines grundlegenden Wandels betont, Teilerfolge konnten verbucht werden. Bahnbrechende Forschritte scheiterten nicht selten an der Verweigerungshaltung der Großen; so scherten die USA zur Verärgerung der übrigen Welt wiederholte Male aus.

ANGST VOR DEM TERROR

Seit dem 11. September ist die Angst vor ähnlichen Terrorakten immens gestiegen. Durch rigide Sicherheitsmaßnahmen versuchten Regierungen der unkalkulierbaren Bedrohung Herr zu werden bzw. aufkommende Ohnmacht zu überwinden. In der Bevölkerung Amerikas und Europas kam es zu bedenklichen Ausschreitungen gegen Muslime; der Überwachungsstaat als Garant gegen den Terror war allerorten in der Diskussion.

Der Terrorismus hat vor allem in solchen Ländern gedeihen können, in denen das staatliche Gewaltmonopol völlig oder zumindest teilweise zusammengebrochen ist – so in Afghanistan, im Sudan und in Somalia. Der transnationale Terrorismus stellte das Völkerrecht vor eine große Herausforderung, da es nach wie vor auf Konflikte zwischen Staaten ausgerichtet ist. Der UN-Sicherheitsrat reagierte am 28. September 2001 mit der Resolution 1373: Terroranschläge werden als friedensgefährdend bezeichnet, so dass zur Rechtfertigung eines Einschreitens eine Verwicklung von Staaten oder Regimen nicht mehr erforderlich ist.

Auf der gesamten Welt haben Menschenrechtsverletzungen gegen unliebsame und gewaltfreie Oppositionelle zugenommen. Repression wird oft mit dem Hinweis auf die notwendige Abwehr der vom internationalen Terrorismus ausgehenden Gefahren legitimiert: China unterdrückt die muslimischen Minderheiten in Ostturkestan; auf diesem Hintergrund rechtfertigen Indien und Pakistan den Einsatz von Militär im Kaschmirkonflikt, Israel begründet so die Militäraktionen auf palästinensischem Gebiet, und schließlich sieht Präsident Putin den Einsatz seiner Streitkräfte in Tschetschenien mit dem Hinweis auf terroristische Kräfte als zwingend erforderlich an.

Mit dem Hinweis auf die notwendige Abwehr terroristischer Gewaltakte müssen auch die Menschen in den Industrienationen manche Einschränkung der Freiheiten hinnehmen. Trotz der umfassenden Verankerung im Völkerrecht ist das Folterverbot nicht mehr unumstritten. In den USA wurde die Diskussion um die Zulässigkeit von Folter nach dem 11. September gar öffentlich geführt.

Der Aufbau eines Internationalen Strafgerichtshofes mit umfangreichen Kompetenzen gestaltet sich nicht zuletzt durch heftige Blockaden durch die US-Regierung mehr als schleppend.

Weiterführende Literatur:

Hoffmann, Bruce: Terrorismus – der unerklärte Krieg. Neue Gefahren politischer Gewalt. Frankfurt/M. 2002

EUROPA IM UMBRUCH

Der Krieg gegen den Irak führte zu einer Kluft zwischen den europäischen Staaten. Warf die US-Administration einerseits primär den Kriegsgegnern Deutschland und Frankreich vor, dem Gedanken des „alten Europa" anzuhängen, so zeigte sich zum Beispiel Polen als europäischer Neuling zu einer Unterstützung der militärischen Intervention bereit. Mit der Ausweitung der Europäischen Union verbinden viele europäische Staatsoberhäupter die Hoffnung nach einem erstarkten Europa, das in weltpolitischer Hinsicht größere Anerkennung und mehr Gewicht in der sicherheitspolitischen Debatte bekommt. Andererseits kommentieren viele Beobachter die Öffnung gen Osten nicht zuletzt wegen des noch gegebenen ökonomischen Gefälles mit Skepsis.

Weiterführende Literatur:

Gräfe, Karl-Heinz: EU-Erweiterung nach Osten. Schwalbach/Ts. 2000

Die Europäische Union. Entwicklung, Ziele, Institutionen im Schaubild. Berlin 2003

Niess, Frank: Die europäische Idee. Aus dem Geist des Widerstandes. Frankfurt/M. 2001

ARMES DEUTSCHLAND

Deutschland steckt in der ökonomischen und sozialen Krise. Arbeitslosigkeit, Staatsverschuldung, Löcher in der Rentenkasse und die fehlende Konsum- bzw. Investitionsbereitschaft sorgen für politischen Zündstoff. Gewerkschaften und politische Verbände beklagen zunehmend einen Trend zur Verarmung in unserer Gesellschaft, wobei vor allem die demographische Entwicklung Hoffnungen für die Zukunft trübt.

Trends zur Oberflächlichkeit

Frage: Staat und Gesellschaft werden heute mehr denn je mit Fragen und Problemen konfrontiert, die die globalisierte Weltwirtschaft aufwirft. (...) Ist unsere Zivilgesellschaft ausreichend gewappnet, gemeinsame Verantwortung für die Zukunft zu übernehmen?

Antwort: Dass viele bislang selbstverständliche Regelungen entweder nicht mehr allein oder nur noch unter sehr weitgehender Beachtung des globalen Geschehens von den Nationalstaaten getroffen werden können, wirft tatsächlich Probleme auf, im schlimmsten Fall könnten Legitimierung und Akzeptanz der Demokratie in Frage gestellt werden. Ich habe nicht den Eindruck, dass wir darauf mental und intellektuell vorbereitet sind. Manche Trends zur Oberflächlichkeit, zur Skandalisierung der Politik, zur Individualisierung, mit der oft die Ablehnung jeglicher eigener Verantwortung für gesellschaftliche Fragen einher geht, und zum Vorrang des Spaßes, des schnellen Erfolgs vor der Anstrengung und vor langfristigem Engagement verschärfen die Lage: Die Bedingungen, unter denen wir entscheiden müssen, sind komplizierter geworden, aber viele schauen noch weniger als früher genau hin.

(Bundestagspräsident Wolfgang Thierse (MdB) am 6. Mai 2004 in Berlin)

Weiterführende Literatur:

Korte, Karl-Rudolf / Weidenfeld, Werner (Hrsg.): Deutschland-Trendbuch. Fakten und Orientierungen. Opladen 2001

DER WITZ DER AUFKLÄRUNG

Dürfen wir über Schrecknisse wie die des 11. Septembers lachen? Über Diktatoren und Massenmörder? Über Auschwitz? Verbietet sich nicht jedes Gelächter angesichts von Adolf Hitler und seiner Nazibande? Bierernst also durch die Geschichte der Menschheit, die immer auch eine Aufzählung von Schrecknissen ist, in Vernachlässigung der kleinen Liebesgeschichten, der Hoffnung auf bessere Zeiten, des hellen Lachens zwischen Eltern und Kindern, wenn es denn mal etwas zu lachen gab? Soll das Lachen den Verliebten vorbehalten bleiben, die sich in ihren wenigen unbeschwerten Nächten scherzhaft necken? Sollen wir das Gelächter den skrupellosen Machthabern überlassen, den Sadisten, die sich über die Qualen ihrer Opfer trefflich amüsieren? Oder den Zynikern, die aus Angst vor dem Keimen von Hoffnung jeden verspotten, der sich (noch) nicht in ihrer eigenen miserablen Gemütsverfassung befindet?

Filmemacher wie Ernst Lubitsch, der sich über Adolf Hitler lustig machte, Mel Brooks oder Roberto Benigni mit seinem ebenso herzerwärmenden wie komischen, tragischen und traurigen Film „La vita è bella" stehen für das Gegenteil. „Man muss über sie lachen", engagierte sich Mel Brooks in einem Interview, wobei er unbedingt die Täter, niemals ihre Opfer meinte.

Charlie Chaplin brachte den Größenwahn von Diktatoren wie Hitler oder Mussolini kurzerhand auf den absurden Höhepunkt, indem er die beiden in seinem Film „Der große Diktator" in Friseursesseln mit einander reden ließ. Beide, unfähig zu ertragen, dass der andere ein wenig höher im Coiffeur-Stuhl sitze, beginnen nun, sich jeweils mittels Betätigung des Pumphebels über den Rivalen zu erheben – und landen schließlich in grotesker Übertreibung an der Decke.

Was ist nun also mit dem Gelächter, das befreiend sein mag, im Halse stecken bleibt oder das längst noch nicht zu Ende Gedachte angesichts einer Karikatur schlaglichtartig auf den Punkt bringt?

Entscheidend ist nicht, ob gelacht wird, sondern wie: Dient das Gelächter der Distanzierung gegenüber Opfern von Missständen, Terror und Gewalt oder solidarisiert sich das Lachen mit den Schwachen und Hilflosen gegen Willkür und Ignoranz? Lacht der Zuschauer seine eigene potentielle Ohnmacht weg, indem er froh ist, nicht an Stelle derer zu sein, deren Platz er im nächsten Moment einnehmen könnte oder lacht er die Herrschaft von Kaltherzigkeit, politischer Einfältigkeit oder blankem Sadismus aus? Dient der Witz der Solidarisierung mit den Schwachen und Unterdrückten oder werden sie umgekehrt der Lächerlichkeit preisgegeben?

Nicht der Witz, die Karikatur, der beißende Spott ist also per se anstößig, obszön kann lediglich seine Funktion sein: Wenn Missstände nicht drastisch aufgedeckt, Verantwortliche und skrupellose Bereicherungen, Selbstsucht und Machtmissbrauch nicht karikiert werden, geht eine wesentliche emanzipatorische Wirkung des Witzes verloren. Und genau die hat noch jede Diktatur gefürchtet. Weshalb Nazis wie Stalinisten, Fundamentalisten wie Gewaltpotentaten danach trachteten, jede Form des politischen Kabaretts aber auch des in ihren Zeiten stets blühenden politischen Witzes zu unterdrücken.

Adolf Hitler ließ sich als „Größter Feldherr aller Zeiten" titulieren. „GRÖFAZ" kürzten die Berliner knapp ab und gaben damit kurz und bündig die bombastische Auszeichnung dem Gelächter preis. Weshalb die Verballhornung natürlich strengstens verboten war.

Aber könnte es nicht so sein, dass die politische Karikatur das sonst Unerträgliche tolerabel macht, potentiellen Widerstand also bricht? Gab und gibt es nicht deshalb in allen totalitären Systemen eine Flut kursierender politischer Witze? Wohl eher umgekehrt: Ohne den beißenden Spott entfiele eine wichtige Solidarisierung unter den Leidtragenden und Unterdrückten, den einstweilen politisch Ohnmächtigen. George W. Bush ließ sich nicht durch Karikaturen wie jene von Nel (S. 12) aufhalten. Aber das Geniale der Zeichnung ist die unmittelbar ersichtliche Parallele, es ist die Verdichtung im Witz, die aufklärerisch wirkt: Bush wie bin Laden operieren mit Polarisierungen von Gut und Böse, mit Teufeln, die es jeweils beim anderen zu bekämpfen gilt. Die Umformulierung eines komplexen Zusammenhangs in eine drastische Verdichtung, eine Symbolisierung erreicht Köpfe und Herzen in Bruchteilen von Sekunden, wo der politische Diskurs Stunden benötigt und am Ende nicht selten misslingt.

Gelächter, Hohn und Spott befreien, solidarisieren und bringen jene Ebene in politisches Engagement, die so häufig fehlt: Spaß. Ohne den gelingt es kaum, Menschen zu überzeugen, dass es bessere Welten geben könnte und es sich lohnt aufzustehen. Mel Brooks hatte Recht: Wir müssen über sie lachen, die selbstverliebten Machthaber, die Missstände und die, die sich aufschwingen, uns ihre Vorstellungen von Gut und Böse aufzuzwingen.

Hier nun könnte dieser Beitrag enden, indem Leser wie Verfasser sich beruhigt zurücklehnen, in der eitlen Gewissheit, dass der Witz der Aufklärung eigentlich immer die anderen meint. Doch Humor zeigt sich erst dann, wenn man über sich selber zu lachen bereit ist, man den kleinen inneren Diktator überwindet, der mit Zensur operiert, wenn es Unangenehmes über sich selbst zu entdecken gibt. Zahlreiche Karikaturen wie geniale Filme – man denke an Tatis „Die Ferien des Monsieur Hulot" – zerren nicht etwa die großen politischen Missstände ins Rampenlicht, sondern uns alle. Unsere alltäglichen Haltungen, kleinen Lügen oder großen Illusionen platzen im Gelächter des Witzes – sofern wir über uns selbst lachen können. Der Witz in der Psychotherapie hat verändernde Kraft für das Individuum (oder könnte sie wenigstens haben) wie die humorvolle Bemerkung des Partners in der Liebesbeziehung eigene Schwächen und Macken spiegelt. Ob „GRÖFAZ" oder „bin Laden", Ferienszenen in Tatis Film oder Witze unserer Liebsten, am Ende lachen wir auch über den Zeitgeist, das Mitläufertum – uns selbst.

Micha Hilgers, Psychoanalytiker aus Aachen

EIN FALL VON ENTTÄUSCHTER LIEBE

Heiko Sakurai, Karikaturist bei der „WAZ", der „WELT" und bei „Financial Times Deutschland" macht am Beispiel des Irak-Kriegs deutlich, welchen schweren Entscheidungsprozessen Zeichner mitunter ausgesetzt sind:

„Auch die Karikatur, die sich selbst als Kommentar in Bildform versteht, sieht sich mit der Tatsache konfrontiert, dass der Krieg alle anderen Themen in den Hintergrund drängt. Wir haben dies schon vor knapp zwei Jahren erlebt, nach dem 11. September und beim sich anschließenden so genannten Krieg gegen den Terrorismus, nun erleben wir es erneut, und doch ist vieles diesmal anders. Die Karikaturisten hatten damals und haben heute das Problem, mit sehr sensiblen Themen wie Gewalt, Tod, Leiden und Zerstörung in angemessener Form umzugehen. Prinzipiell kann das Medium Karikatur das leisten, es muss allerdings die richtigen stilistischen und inhaltlichen Mittel finden. Als wichtige, ja als zentrale Leitlinie sollte dabei gelten, dass die Karikatur niemals Opfer verhöhnen darf und im Zweifelsfall eher auf der Seite der Schwächeren stehen sollte.

Dass diese Maximen durchaus Schwierigkeiten mit sich bringen können, zeigt sich anhand des Irak-Krieges. Niemand wird bestreiten, dass seine Entstehung eng mit den Geschehnissen und Erfahrungen des 11. Septembers zusammenhängt – wobei andere Gründe zugegebenermaßen eine noch entscheidendere Rolle spielen. Waren aber am 11. September die USA beides, nämlich angegriffenes Opfer und zugleich die uns politisch, kulturell und auch emotional verbundenen Freunde, so stellt sich die Situation im aktuellen Golf-Konflikt völlig anders dar: Die Täter-und-Opfer-Rolle, im Falle der Terroranschläge in New York und Washington noch klar definiert (hier fanatische Terroristen, dort die attackierte amerikanische Demokratie, die für unser aller Freiheits- und Zivilisationsmodell stand), waren nun keineswegs eindeutig verteilt. Die Bush-Regierung, die (wenn man den Umfragen glauben will) zu keiner Zeit gegen den erklärten Mehrheitswillen der amerikanischen Bevölkerung handelte, repräsentierte zwar noch immer jene Nation, die uns Deutschen bei aller Kritik an amerikanischem ‚Kulturimperialismus' oder außenpolitischer Ignoranz als wichtigster und engster Partner galt, dem wir Dankbarkeit und teilweise auch Bewunderung entgegenbrachten. Gleichzeitig aber wurde im Laufe der letzten Monate immer deutlicher, dass der US-Präsident und die ihn umgebenden konservativen Falken wie Verteidigungsminister Rumsfeld auf einen gegen den Irak gerichteten Präventivkrieg hinarbeiteten. Ein Krieg, der sich eben nicht allein durch humanitäre oder Sicherheitsaspekte begründen ließ, sondern auch machtpolitische und wirtschaftliche Interessen beinhaltete und der alle anderen gewaltfreien Lösungen unmöglich machen würde.

Auf der gegnerischen Seite befanden sich ein Verbrechensregime, das zu den skrupellosesten und verabscheuungswürdigsten Diktaturen weltweit zählte, und eine gepeinigte und arme Bevölkerung, die im Kriegsfall wieder einmal und zuvörderst getroffen würde – so war der Irak Täter und Opfer in einem. So hatte ich persönlich während des gesamten Konfliktes das Problem, mich mit keiner der beteiligten Seiten oder Perspektiven vollständig identifizieren zu können, auch nicht mit der deutschen oder der französischen Friedenshaltung, deren diplomatische Ausgestaltung mir ebenfalls fragwürdig erschien. Wie nun reagieren? Die Weltöffentlichkeit, die deutschen Schüler und Studenten reagierten mit Demonstrationen und Protesten, die, wenn in der Mehrheit auch nicht antiamerikanisch gemeint, so doch in klarster Form Bush und seine Kriegspolitik an den Pranger stellten. Im Grunde verhielt sich der Großteil der – nicht nur deutschen – Karikaturisten, mich eingeschlossen, ganz ähnlich. Weitaus weniger Karikaturen setzten sich mit Saddam Husseins Gewaltherrschaft und seinen Verbrechen am eigenen Volk auseinander. So ließe sich der Vorwurf an die Friedensdemonstranten ‚Warum habt ihr nicht auch gegen Saddam protestiert?' in gewisser Weise auch gegen die meisten politischen Zeichner wenden. Darauf eine Antwort zu finden, ist nicht ganz leicht. Vielleicht könnte man es so erklären: Satire richtet sich stets gegen die Abweichung der defizitären Realität vom Idealzustand. So kann es geschehen, dass derjenige besonders hart zurechtgewiesen wird, über dessen Fehlverhalten man besonders enttäuscht ist – Kritik also als Reaktion ‚enttäuschter Liebe'. Niemand wird bezweifeln, dass Saddam Hussein ein Tyrann übelster Sorte war; die Anklagen, die gegen ihn vorzubringen wären, sind allesamt so bekannt, dass sie nicht noch einmal wiederholt werden müssen. Alle

Karikaturen über ihn sind sozusagen bereits gezeichnet; Anders der Fall Bush: Wie kaltschnäuzig und zynisch die Mehrheit der Nationen übergangen, das Völkerrecht gebeugt und die eigenen Interessen durchgesetzt wurden, schockierte all jene, die in den USA eben noch den Vorreiter der westlichen Freiheitsidee sahen und bei den Terroranschlägen anderthalb Jahre zuvor noch mit ihnen getrauert hatten. Je größer die (moralische) Fallhöhe, desto harscher die Kritik."

(Gekürzte Fassung aus: Knüpfer, Uwe / Hänig, Marc Oliver: Der Krieg im Irak. Die Ursachen. Die Proteste. Die Folgen. Klartext Verlag, Essen 2003)

DIE KARIKATUR IN DER POLITISCHEN BILDUNG UND IM UNTERRICHT

Der Begriff „Karikatur" ist aus dem Italienischen abzuleiten und bedeutet so viel wie „beladen" oder „überladen" (caricare = übertreiben). Der Karikatur kommt die Funktion zu, politische, religiöse, gesellschaftliche oder wirtschaftliche Zustände kritisch zu beleuchten. Ihr Beginn lässt sich bis ins Neue Reich Ägyptens zurückverfolgen. Groteske Darstellungen aus den Bereichen Religion und des Volksglaubens finden sich in der griechischen wie auch römischen Geschichte. Im Mittelalter richtete sich die Karikatur gegen bestimmte Personengruppen wie z. B. Mönche und Landsknechte. Mit der Erfindung des Buchdrucks wurde ihre weite Verbreitung möglich.

Über das französische „caricature" kam der Begriff „Karikatur" im 18. Jahrhundert nach Deutschland, wo er heute teilweise durch den englischen Ausdruck „cartoon" ersetzt wird. Heute zählt die Karikatur zu den massenwirksamsten bildnerischen Mitteln, sie hat den gleichen Stellenwert wie der politische Kommentar, wobei ihre Wirkung vielleicht noch weit reichender ist, da weniger gelesen, jedoch mehr „hingesehen" wird.

ÜBER DAS WESEN DER KARIKATUR

Mischung aus Hering, Honig, Schlagsahne und Schwefelsäure

„Eine geglückte Karikatur", bemerkt der bekannte englische Zeichner Ronald Searle, „ist eine Mischung aus saurem Hering, Honig, Schlagsahne und einem kräftigen Schuss Schwefelsäure". Für ihn ist sie „optisches Juckpulver, das den Betroffenen zwingt, sich zu kratzen". Die Karikatur verzerrt, übertreibt, verfremdet. Sie stellt Zustände, Situationen und Personen in subjektive Beziehungen und Dimensionen. Die Karikatur lebt auch davon, natürliche Harmonien aufzuheben. Durch Disproportionierungen entsteht der komische Effekt, die Pointe, die die

Leute zum Sehen und Lachen bringt, die Satire zum Element von Kunst und Kultur macht. „Aber jede Karikatur", betonte schon Theodor Heuss (...), „in der Publizistik ist schlecht, die Rätsel aufgibt. Sie muss die Idee des Künstlers genügend deutlich ausdrücken".
(Walther Keim, Kenner der deutschen Karikaturistenszene, in einem Beitrag aus dem Jahre 2003)

Stolpern

Der Mensch hat die Gnade zu stolpern. Und derjenige, der ihn beim Stolpen mit dem Zeichenstift begleitet, ist der Karikaturist.
(Mirko Szewczuk)

Karikaturen provozieren den Betrachter durch Überzeichnung, Deformierung und Übertreibung und bringen ihn zum Lachen oder versetzen ihn in Ärger. Unterschiedliche Stilmittel (Typisierung, Metapher, Übertreibung, Allegorie) finden bei ihrer Realisierung Verwendung. So werden Betrachter veranlasst, Vertrautes und Bekanntes zu hinterfragen bzw. Personen oder Sachverhalte aus einer anderen Perspektive zu sehen. Karikaturen reduzieren ein historisches, gesellschaftliches oder politisches Problem auf eine Kernaussage; dies geschieht in bewusst parteilicher Weise, um Missstände oder Fehlentwicklungen klar aufzuzeigen. Betrachter der Karikatur reagieren spontan emotional (Lachen, Erschrecken, Ärger, ...) und fühlen sich direkt zu einer Stellungnahme veranlasst. Diese kann Bestätigung oder Distanzierung beinhalten, zumindest ist der Betrachter sehr unmittelbar veranlasst, über das kommentierte Problem nachzudenken.

Der zuspitzende Charakter der Karikatur macht diese zu einem bedeutenden Instrument in der Bildungsarbeit bzw. im schulischen Unterricht. Karikaturen wecken Motivation, provozieren zu Stellungnahmen, sie bieten Denkanreize, sie appellieren und fördern das Problembewusstsein. Sie schärfen den Blick und integrieren emotionale Dimensionen in den Bildungsprozess.

Das Sein als Karikatur

Nur wo der Wille des Karikaturisten nicht als Willkür empfunden wird, nur wo die Unform, die er schafft, sich dem innerlich geschauten Umriss des Karikierten in notwendiger Symbolik anschmiegt, so irreal sie, äußerlich genommen, sei – nur da ist die Karikatur „treffend"; die künstlerische Karikatur überzeugt nur da, wo auch das Sein schon Karikatur ist – wovon sollte sie sonst überzeugen?
(Georg Simmel in einem aus dem Jahre 1917 stammenden Aufsatz über die Karikatur)

Der Mensch braucht die Karikatur

Solange der Mensch, wenn er die Kaffeetasse zu Munde führt, dabei immer noch den kleinen Finger abspreizt, brauchen wir die Karikatur.
(Josef Partykiewicz)

Bei der Arbeit mit Karikaturen wird in der Literatur ein mehrschrittiges Verfahren favorisiert. Hierbei sind folgende Aspekte zu berücksichtigen:

- Die Elemente der Karikatur (Personen, Gegenstände, Texte,...) sollen zunächst im Detail erfasst und beschrieben werden. Aufkommende Fragen oder Unsicherheiten gilt es umgehend zu klären.
- Die in der Karikatur verwendete Bildsprache (Symbolik) sollte dann entschlüsselt werden. Hierbei kann es hilfreich sein, Zusatzinformationen zum politisch-sozialen Hintergrund, zum Ort bzw. Zeitpunkt des Erscheinens, zum Zeichner und ggf. zu den Stilmitteln einfließen zu lassen.
- Dieser umfangreichen Arbeit schließt sich das Bemühen an, die Kernaussage der Karikatur zu erfassen. Oft ist es sinnvoll, Betrachter aufzufordern, das Gesehene in Verbindung mit den erworbenen Zusatzinformationen in schlichte, präzise Aussagsätze umzuwandeln (Thesen).
- Unter Einbeziehung der Wirkung (Emotionen) wird es dann um die eigene Bewertung gehen: Schließt sich der Betrachter der Aussage an, in welchen Punkten möchte er widersprechen?

DIE KARIKATURISTEN / AUTOREN

Nel (Ioan Cozacu)

1953 in Klausenburg/Rumänien geboren, lebt und arbeitet in Erfurt. 1973 bis 1978 Studium an der Hochschule für industrielle Formgestaltung in Halle. Seit 1984 als freischaffender Cartoonist und Buchillustrator für verschiedene Verlage tätig. Mitarbeit an verschiedenen Tageszeitungen und Magazinen: „TLZ-Weimar", „WAZ", „Eulenspiegel", „taz", „Das Magazin" - Berlin. Gründungsmitglied der „Cartoonfabrik Köpenick", verschiedene Preise und Ausstellungsbeteiligungen.

Heiko Sakurai

1971 in Recklinghausen geboren. Studium Germanistik/Geschichte/Politik in Münster. Seine Karikaturen erscheinen regelmäßig in der „WAZ", „Die Welt" und bei „Financial Times/Deutschland". Seit 1994 Illustrationen einiger Kinderbücher. Mitarbeit an verschiedenen Sammelbänden. Sieger des Gothaer Nachwuchswettbewerbs 1996.

Berndt A. Skott

1943 in Königsberg/Ostpreußen geboren. Lebt und arbeitet als Karikaturist und Pressezeichner in Düsseldorf. Seine Arbeiten erscheinen regelmäßig in „Die Welt", „Welt am Sonntag", „Kölner Stadtanzeiger" und „Berliner Morgenpost". Mehrere Buchveröffentlichungen, Ausstellungsbeteiligungen und Auszeichnungen.

Bas van der Schot

1970 in den Niederlanden geboren. Veröffentlichte im Alter von 19 Jahren erste Karikaturen in einer Tageszeitung auf den Niederländischen Antillen. Studium der Politikwissenschaften, Mitarbeit an den Universitätszeitungen und verschiedenen Magazinen. Mitarbeit bei „De Standaard" (Brüssel). Heute erscheinen seine Arbeiten regelmäßig im „Algemeen Dagblatt" (Rotterdam).

Thomas Hax-Schoppenhorst (Text und Koordination)

1955 in Essen geboren, aufgewachsen in Recklinghausen. Studium (Deutsch und Geschichte) an der Ruhruniversität in Bochum. Lebt als Pädagoge, Dozent und freier Autor seit 1985 in Düren. Autor mehrerer Fachbücher, seit zehn Jahren regelmäßig für die MVG tätig.

Micha Hilgers

1954 in Aachen geboren, lebt und arbeitet dort als Psychoanalytiker. Er ist Autor mehrerer Fachbücher und schreibt regelmäßig für die „Frankfurter Rundschau" und die „taz".

Weiterführende Literatur:

Thomas Fues/Jochen Hippler (Hrsg.):
Globale Politik. Entwicklung und Frieden in der Weltgesellschaft. Festschrift für Franz Nuscheler, Bonn 2003
(MVG Best.-Nr. 4 869 04)

Stiftung Entwicklung und Frieden: Globale Trends 2004/2005. Fakten Analysen Prognosen. Herausgegeben von Ingomar Hauchler, Dirk Messner, Franz Nuscheler, Frankfurt am Main 2003

Internet-Tipp

Heiko Sakurai verfügt über eine umfangreiche Internetseite: www.sakurai-cartoons.de; die regelmäßigen Veröffentlichungen der namhaftesten Karikaturisten aus aller Welt sind auf der Internetseite www.cagle.slate.msn.com zu sehen.